鏡像攝影

鏡像攝影

鏡像攝影

鏡像攝影

心不在原處

鏡像 詩集

鏡像 ○ 著

緣起 結緣

因緣相

我是你的緣份
　是隨緣的奇蹟風光
我是你需要的
　隨緣顯現的
　　圖騰和任何物像
我隨心寫的詩
　有緣看的人
　　什麼樣子的心
　　　得什麼樣子的意相
愛得愛　恨得恨
其它的心
　就得其它的境相

有什麼樣子的心相

就有什麼樣子的模樣

都是心投射的鏡像

又讓心不斷地妄想

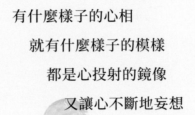

祝願有緣的人如意吉祥

心動情意綿長

追逐風的聲響

情起隨風的芬芳

賦予了虛幻的過往

夕陽裡影子長

目錄

CONTENTS

目錄 CONTENTS

目

錄

C O N T E N T S

目錄

CONTENTS

甜蜜的心波盪漾

綿綿的柔情如同花雨

柔美了心頭之境像

我看著美麗的風景世界

又被牽動了心海

前波未息　後波又起盪漾

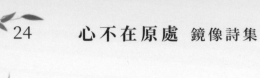

情竇初開

柳絮飛揚情上心頭

情上心頭

似一彎河流

繞著河畔小樓

沒來由　沒來由

平添一絲憂愁

只因陽台上燕雀啁啾

撒下情思紅豆

從此心悠悠

牽掛的情絲悠悠

逗留門口

陽台馨香守候

願種一園相思紅豆

思念長留

共度美好春秋

一念的飛舞

明月如故
月下的我孤獨
不見伊人如故
她已隨著流波而逐

繁星點點的夜幕
眼睛難以數數
寂滅之後也有離苦
癡情誰來付

情絲萬千縷
現了花開花謝又枯
明天經歷朝暮
就這樣走向了歸途

想把情念守護

分離卻見證了相聚

那一念的飛舞

一切皆化成塵土

那個胎記

那個胎記
是你前世的記號
是在心海裡
雕刻的一座心島
輪迴了幾遭
島上的花兒還在微笑
花蕊是燦爛的心跳
她不會蒼老
不會把你忘掉
只要你回首
深情就會把你纏繞
因緣情未了
你要知曉

妄心的祈求

眼淚不斷地流

煩惱是盡頭

需要慰藉的傷口

是心念撕裂後

讓妄心有個藉口

好尋找溫柔

希望能夠擁有

一直到永久

為此　種了一顆紅豆

還在心裡祈求

嘴裡唸著咒

盼著時光不要走

情執的雨絲

只因曾經的風雨

落花已經成泥

以前的過去

已經成了回憶

沒有歸期

只是過去的話題

那塗寫的筆

錯寫了往昔

春花沒有那場風雨

也會自己乾枯

只是因緣的緣份

情執在它手裡

那只是業力
注定了的結局
那是情執的雨絲

詩 篇

有進入你心的詩篇
願意讀千遍

只是雲煙的一念
像是重逢見面
彷彿是從前
修了千年的因緣
以前的擦肩
留下多少迷茫的遺憾
從此再也不見
好像隔開　各在天邊
耽擱了心裡的許諾
匆匆情絲的流年
心現的天涯好遠

夜裡的思念

伴著燈孤單

從此以後有了心願

轉眼間　就現前

卻又不知如何言

心裡尋思著美麗詩篇

一念的思量

一念的思量

在心裡砌了一堵高牆

東邊的朝陽

晨曦是它祝福的歌唱

心牆卻擋住了暗香

心靈沒有了窗

無法向未知的世界瞭望

心裡寫滿了憂傷

人生夢一場

相聚才會有痛苦離殤

曾經的過往

夜未央　也是一夢黃粱

迷茫的徘徊憂傷

傾吐又何妨

雖然你不在身旁

看開放下　安睡就會無恙

水波

水波是一

波是化了妝的模樣

心識隨著風的心房

在那裡跳舞起浪

心已在它方

波光掠影的景象

心動的歌唱

激情的印記

記錄在雲端天藏

是已逝的舊時光

它的歌聲隨波遠盪

隨緣流浪

又像鳥兒一樣飛翔

心想的地方
四季的風吹揚

心動情意綿長
追逐風的聲響
情起隨風的芬芳
賦予了虛幻的過往
夕陽裡影子長

築 塔

茌苒了半生
築了一個高高的塔
用的卻是黃沙

看世間的繁華
擾心燈紅酒綠猶如畫
如今聲色已啞

守候的年華
還有月光一樣的牽掛
那是春風下的桃花

天邊的紅霞
映紅了滄桑的面頰
也映紅了我的家

一曲歌謠飄天下
我要重新登程出發
雲遊走天涯

心如明燈無瑕
一味禪茶
我要遊四方建心塔

浮生一劫 緣起緣滅

誰在哽咽
荏苒惆悵浮生一劫
夜空上依舊明月

蝸居寒舍
一生所得好像非得
只是東流水之河

誰在低歌
歌聲飄遠即散原野
輕拂了情意
只是前世因緣之約

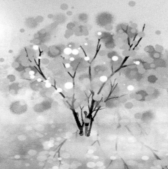

心動未歇

柔情將臉輕輕相貼

兩情相悅

應驗了來世緣起緣滅

唯一是孤單

月缺月圓

清新清亮在夜晚

獨自表演

盡現了神秘浪漫

緣份獨特凸顯

唯一最美的是孤單

皎潔是你獨有的冷豔

內心感嘆

你為情守護了多少年

帶來了多少愛戀

多少情懷誓言

美夢的幻想世間

你是情感的代言

濕了多情的眼

煙花易冷的人間

無奈回首看

琴弦隨緣情斷

懷揣著月圓

夢中隨緣輪轉

那顆深埋的種子

因緣使月圓再現

寶鑑　只有您在夜晚

清涼幽靜的孤芳

靜悄悄地觀看

人世間的聚合離散

陪著消除孤單心寒

永遠高掛在心間

備註：寶鑑是寶鏡，鏡子的美稱，亦喻月亮。

流轉的緣

幾處燈火闌珊

幾處緣聚歡顏

直到夕陽

染紅了西天

終究是歲月荏苒

緣聚緣散

又是一世輪轉

緣份已盡　離散

緣盡留不住誓言

長路一段

只是樹葉片片

隨著秋風飄散

緣份已了說再見

捲起珠簾

觀天際雲變

觀如夢如幻

業力命運的狂歡

無底洞深陷

隨境又生了貪執之念

不堪回首

朦朧煙雨有

為情留

淚水濛了雙眸

相思悠悠

什麼時候

心中有了情鉤

勾住了心樓

輾轉難眠

無止休

你的心思猜不透

海邊　夜空星斗

微光看不清

你面容的清秀

不見海鷗

時光如水流

好似無因由

信物已舊

溜走了溫柔

幾多愁　白了頭

再回首

已過了幾秋

萬年山丘

紅花幾次駐留

熱情芬芳

香氣飄遊

輪迴換了華秋

有美酒

只是不識舊友

彩繩編織

相隔千萬里
兩心卻連著情絲
時空的距離
只是情節故事
有情不用朝朝暮暮

因緣使兩心相遇
乳水交融是情義
美麗餘韻相續
那是千年修得
綿綿的柔情細雨

風月煙雨
是前世也是後世
妄心拿著彩繩編織

因緣際會地演繹
隨性訴說的句子

境像只是妄心演戲
又隨著境說詞
輪轉環境地變化
迷亂了心意
從此不分虛實

來就是去

你走了
　也不回頭
　　去向遠方的遠方
一直到身影
　消融在天地
　　相接的混沌處茫茫
再也沒有了
　你俊俏的身影
　　和誘人的模樣
就像一陣風
　吹走了
　　一朵白雲
　　　再也沒有了影像
更像風兒
　吹敗了花朵

消散了它的顏色

再也沒有了

醉人心脾的

怡人的芬芳

萬般的情絲飄揚

也帶走了

愛你的

真誠的心房

它似夢影般的

永遠跟隨在

你驕人的美麗身旁

幻化成的假身

雖然並不實有

卻是我的緣份

相聚在

人生客棧的殿堂

就像可愛的花瓶

　用泥巴製做

　　欲火燒變成

　　　可人的模樣

　　　　靚麗又漂亮

業識的風

　吹來美好的緣份

　　每個緣份都有

　　　七彩繽紛的世界

　　　　引發更多

　　　　　奇異的遐想

來了

　必然就會去

　　去向來時的地方

我們都是

　這個世界的過客

　　世界也是

　　　我們的心現的無常

你走了……

　我的視野裡

再也沒有了你的臉龐

我的心中

　卻永遠留住了你

　　你的美好

　　　時常浮現在心房

你的生命旅程

　永遠

　　有著我的牽掛

　　　伴隨著你在遠方

你的生命

　永遠

　　有著我的印記

　　　記錄著

　　　　我對你愛的衷腸

業風徐徐地吹拂著

　一切有情的情長

　　送走了一幕幕

　　又送來了

　　　新的夢幻交響

執著與轉念

愛恨交加之念

花開花落情心浸染

是非對錯之念

偏執妄想牛角尖

浮華一生

只是紅塵雲煙

一壺濁酒

沈醉一世不知深淺

不見回歸雁

滾滾情慾之海浮潛

看不到海岸

只見天海一線

其實只是凡聖一見

濁淨一念

轉念解脫

即是兩重天

盪 漾……

清澈碧水　水波盪漾

盪漾了甜蜜的波浪

那波影的閃亮

閃爍出耀眼奪目的光芒

五彩繽紛的世界

原來竟是碧波盪漾

那心波　自性妙有

演繹的世界花樣

產生了七色彩虹般的幻象

這彩色的虹　連著無明

幻象讓妄心更加的虛妄

亂了心中的氣象

奔騰不息的意識流淌

生生滅滅的念想

使虛幻猶如真實之相

我想說愛你的模樣

更想說愛你的內心

展現的萬千美麗天象

甜蜜的心波盪漾

綿綿的柔情如同花雨

柔美了心頭之境像

我看著美麗的風景世界

又被牽動了心海

前波未息　後波又起盪漾

一朵雪花似一朵白雲

一片朦朧在掌心

你冰涼的晶瑩之身

我用溫暖把你握緊

盼兩顆心相印

你卻將形體化盡

又化氣消散無痕

隨緣　卻不永住我心

心 幻

幽靜的湖岸
是綠茵覆蓋的湖畔
那輕柔的湖面
溫柔地把月光折玩
折碎了光影一片

閃爍的迷幻
攪亂了妄想的心念
忘了自然
是最美的答案

喧鬧和靜寂
帶來世界的表現
那是心操控的投影
心卻不知道
那是自己的心幻

歲月的音符

歲月的沈積

變成了歌謠一曲

跌宕起伏

有晴天也有雨

變幻的旋律

雲淡風輕地表述

裡面的真情

用心將豔麗相續

美好的話語

寫了滿紙

沒有虛假的面具

只是情感婉轉的音符

那是最美麗的圖

情執不休

盼著一場邂逅
以解春之愁
喝一杯甜甜的冰酒
以免人消瘦

讓春風灌滿衣袖
那是桃花的氣息秀
全是輕撫的溫柔
托著醉意的心舟

桃花香依舊
心上九霄重樓
度過人生的春秋
至死也不休

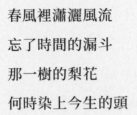

春風裡瀟灑風流

忘了時間的漏斗

那一樹的梨花

何時染上今生的頭

時光不停留

忘了約定的等候

想起了回首

已經萬年幻境以後

採擷葉片

一首歌謠

飄過了山間

飄過了山顛

也悠揚地飄向了藍天

一襲柔風

撫過了眉間

撫過了雙眼

也撫過了心的桃花源

一場細雨

淋濕了花衫

淋濕了視線

也淋濕了朦朧的期盼

心不在原處

恍惚親切如故
你那雲卷雲舒的眉目
怎麼那麼的熟悉
讓我回首　忘了走路
身在原點
心卻不在原處

風雨只顧傾訴
濕了悠悠的情路
醉心的雨露
花了雨下的雙目
看不清遠離的你
寄情到何處

心動的琴鳴

晨曦裡　公園很靜

河畔楊柳娉婷

只是微風將氣息飄零

獨自悠閒步行

心也放鬆　沒有多情

看著白雲朵朵　體會風輕

往遠處傾聽

好像有鳥語零星

猶如纖指撥弦聲清

心中景象之境

自自然然隨緣是情

萬象是心動的琴鳴

緣似雪花

一朵雪花似一朵白雲
一片朦朧在掌心
你冰涼的晶瑩之身
我用溫暖把你握緊

盼兩顆心相印
你卻將形體化盡
又化氣消散無痕
隨緣　卻不永住我心

心動的鏡像

心動絞碎了一池清亮

成了多心的池塘

心念搖搖晃晃

搖著撞向了池牆

頭暈目眩更加晃盪

追逐著塵世的風和浪

不小心　水濺濕了垂楊

引來婉轉歌曲飄在小巷

述說著美麗的斜陽

述說著天老地荒

開始了漫長故事無常

時間也悠悠漫長

心在小巷徜徉

悠哉　悠哉地尋訪

身體是心投射的鏡像

心動妄想了十法界之相

稻香還是酒香

生命和時空綿綿悠長

美好的故鄉

天氣刺骨寒涼
只見銀妝　不見紅妝
更不見荷花香
夢幻的浮生一場
沈睡太久　覺醒漫長
只是東邊有了曙光

曾經的美好故鄉
沒有荒唐　不見淒涼
華樹錦繡衣裳
慈悲吉祥的慧光
殊勝　清淨　清涼
那是我心中的天堂

纏綿戲水的鴛鴦

心念情執　幻化情網

有了紅顏的模樣

有了歲月的滄桑

四季裡到處眺望

何處是我無苦的故鄉

錯落了影像

世態的炎涼
朝代的氣象
星辰深處有景象
誠心的期望
飄去夜空的遠方

天穹的蒼茫
錯落了影像
化成了世間喧嚷
靈魂很莽撞
生了一心的迷茫

心中的性光

原本就清涼

命運為何此模樣

歷盡了滄桑

靈山在回首心房

景象

寒冷的風霜

是那心中的一縷惆悵

將心中的塔窗開放

向外瞭望

一輪月光

還有一女郎

在河畔輕輕唱

風拂柳枝輕搖晃

韶華像水一樣流淌

楓葉在霜中紅了面龐

一季滄桑

又是夢一場

飄零在風中片片

揮手兩相望

要離開故居之房

沒有絕望

只是隨緣的絕響

換一世新的模樣

人間種蟠桃

［獨了］

浮生人如草
四季煎熬
風吹雨打日頭烤
四季輪轉老

唱一首歌謠
風月花鳥
只是一人在孤島
笑等塵緣了

［菩薩］

叩拜多祈禱
佛會看到
心中山水情未了
有情煩惱抱

我是大鵬鳥
紅塵不逃
人間世界種蟠桃
色空無礙跑

命運　業力之相

往事隨著風遠去

坎坷路　半世流離

滄桑　霜染了髮絲

生命的漣漪

前半生的已遠

淡去　無歸意

天命何知

命運的風雨

淋濕過多少衣服

雲雨茫茫

朦朧了視力

生命的風雨相依止

命運的業力

情感斷腸難離

跌宕起伏

只是桃花雨的故事

賺了情動的淚滴

滂沱了情感的雨季

多了一聲嘆息

家在何處

輪轉的春來秋去

心情卻漫了天際

勇敢地種植

生命的祈禱樹

無所謂　也無懼

輝煌還是失意

江水的河堤

約束著任性的脾氣

醉夢卻有軌跡

因緣世界裡

雲雨隨著心意

紅塵的磨難

污染不了真如

純淨如白玉

如 夢

人生如夢

如夢人生

如夢一樣

如殘冰

雖然已經開始溶解

還很寒冷

還很堅硬

人生不可琢磨

如同夜晚睡中夢縈

感受真實如同真景

好像是過另一種人生

禪心觀天下

淡然的笑容

在安詳的兩眉之中

像美麗的漣漪

向四周盪漾重重

靜靜的猶如藍色天空

心與天相同

安靜　無始無終

空空洞洞……

藍天是深邃的眼瞳

觀照萬千心動

柔情千種

如溫暖和煦的春風

輕撫冰雪消融

煙雨朦朧

徐徐春意盎然正濃

只是這溫柔的劍鋒

心頭悸動

又把桃花消了紅

大地一片驚鴻

心動思緒翻湧

心熱能消千呎冰凍

懷抱春花一抹唇紅

繾綣　曼舞輕歌唱誦

心冷　結萬呎冰凍

內心深處慌恐

貪嗔痴慢疑

無明心情憤怒

心智已失　狂瘋

身心病重

執著之心　憑空

分別名相奉送

歡喜相擁

厭惡　錯付情衷

取捨　製造了

六道輪迴的天空

禪心清淨

如藍色琉璃的眼瞳

大圓鏡智　佛性相同

照見五蘊皆空

空即是色　色即是空

受想行識亦復如是

色空同性

心生有無面容

微笑喜悅　微波盪漾

心即是藍色天空

也如瞳孔

只是折射鏡像的眼瞳

如夢　如幻　寬容

自己卻無影無蹤

過客紅樓夢

幾度春秋　相思依舊

唱一曲離愁

獨自漫步月下

惆悵踟躕遊

常走河畔路口

不見你的眼眸

只有清光盡染衣袖

偶爾輕輕觸碰

隨風飄動的楊柳

引得相思淚流

人生的天涯過客

醉臥虛幻的小樓

門前的小路

青青的石頭

多少光陰虛度

掃過多少落葉楊柳

夢裡幾壺濁酒

已經白了頭

內心還是等候

只是多了綢繆

心情悠悠

秋風落葉的小路走

又是春風滿面溫柔

只是一江春水流

惆悵感嘆

世態炎涼

高山水流遠長

秋雨落在衣服上

一份愁緒懷鄉

增加了內心惆悵

多了徬徨

城裡熙熙攘攘

人們來來往往

人生道路春秋茫茫

幾度落霜

只是你的模樣

未曾有忘

滿城燈光

錯亂了天上星光

讓心迷惑倉惶

沈迷霓虹的池塘

幸有一輪月光

憶起故鄉

一念 一砂世界

願望的一念
光陰只是剎那
紅塵一趟輕輕踏
演繹一世芳華

有情世界一砂
因緣的酒釀
盡數隨緣飲下
從此 盡嚐甜酸苦辣
開了七色鮮花
不是海角天涯

眷屬是牽掛

記憶中的圖畫

走遍了凡塵天下

只是為了尋她

一曲歌謠殊勝優雅

一世界禪茶

婉轉須彌山下

只是看破放下

盛開萬朵蓮花

建起心靈佛塔

心在何處

諸事無常
情在何處住
皆是虛妄
心又在何處

有為法如電如露
無為法隨緣而住

因緣到了
那是因緣俱足
自然地畫了一張圖
一份情痴
有了畫上的路
晝夜時空

分別了名相有無

努力追逐

一縷雲煙虛無

心念動了

生了有路無路

心寂靜了

一片寂靜光

阿賴耶識

生了天堂的坦途

用眼拍照你的容顏
用心把你
儲存在心的雲端
你亮麗的眼睛和眉彎
是深情地山間水潭
是我水墨的江山

心隨著走遠

春花開了　心暖

為何難入眠

只因白天酒一碗

春風緩緩

那秀髮有些隨風

讓心有些亂

眼神跟著雲卷

漸漸地恍惚

爬上了悠悠的心坎

歌聲如蘭

不急也不緩

猶如馨香瀰漫

讓心兒也隨著走遠

隨緣滋味

觀容顏嫵媚

觀貧窮與富貴

猶如空中一鳥飛

也如月升即是月落歸

雖然也嬌美

只是惹一串多情淚

見心池鏡花影碎

不如靜心安睡

只是隨緣嚐了滋味

荏苒 流連

用眼拍照你的容顏
用心把你
儲存在心的雲端
你亮麗的眼睛和眉彎
是深情的山間水潭
是我水墨的江山

我在山水裡荏苒
心經常繚亂
也經常呈現斑斕
我也經常地感嘆
是什麼將情感的火點燃
讓我從此在江山流連

擦肩而過

生命只是過客
有無 生滅中執著
直到再也看不到
陌頭楊柳的時刻
執著和分別
依然深藏心的角落

以往七彩的景色
已經枯黃斑駁
熱情的浪漫
已經飄逝在黑夜淡漠
只有眼前的燈火
告訴自己的影子
一切影像故事
都是因緣擦肩而過

花滅的影子

熱情的情意

牽扯　糾結人心的是

緣起至緣滅時

只是花開花落的思緒

那因緣　猶如游絲

連結到今世

只是一聲嘆息

就雲雨風起

讓花兒生　讓花兒死

自此　深埋心裡

又一生的種子

期盼著花開

忘了花滅的影子

彩色的泡泡

小孩子吹氣的泡泡

隨風眼前飄過

陽光下成彩色

又被風吹破

由風吹起　由風吹過

又由風把彩色吹破

成了小水沫

變成了無數的光點

瞬間墜落

繽紛成彩夢多

完成了孩童的承諾

大願春風常笑

高山之巔遠眺

天地蒼茫浩浩

哼一首歌謠

希望心飛得更高

還看今朝

雄心壯志不老

鳥雀杳杳

只見蒼鷹盤旋遊遨

觀聽松濤

山間河水環繞

六韜三略皆由心造

無為是天道

一縷香煙裊裊

馨香繚繞

朝陽晨曦輕撫芭蕉

雄心伏調

悠閒河水小橋

大愛有情隨緣相照

熙熙攘攘塵囂

彩霞作袍

紅塵濁酒醉不倒

大千繁華正好

桃花懷抱

只是緣份的春風常笑

過客

花謝的那刻
它失了顏色
消散了芬芳
從此　與今世相隔

時間的長河
因緣的失和得
唱過多少
跌宕悲喜的情歌

燃起萬家燈火的夜色
你們在和繁星相約
其中的你和我
失去了唇舌

在沙漠裡跋涉
體會著喧囂的寂滅
那行腳印的筆墨
寫著　生滅皆過客

讓心靜修

惆悵是迷茫的閣樓
迷茫是消沈的濁酒
為何不走出門口
把一切拋在腦後

踟躕的時候
清涼的海風灌滿衣袖
只是吹不醒你昏的頭
為甚將煩惱守候

你那哀怨的手
只會添加憂愁
卻不能了卻
心中無休止的煩憂

蒼茫的大海上

一葉飄零的孤舟

為何不靠上

可以平靜安詳的碼頭

讓心靜修

觀八卦 心是道

乾坤在心胸

八卦隨心動

虛實隨意色即是空

陰陽是一　相容

行雲流水像風

兩儀四相八卦相同

天地與共

只是心意用功

掌上風雲由心捉弄

有情無情掌送

天地人　悟懂

融會貫通

道法自然在心中

心無敵　天下無敵

英雄非英雄

聽聞解脫妙法

心花已經怒放
四周的光芒
像盡情盛放的歌唱
猶如天堂
散發著醉人的花香
心中快樂的蕩漾
瀰漫了穹蒼
看不見憂傷
只有吉祥的光亮
讓喜悅和幸福增長

回歸極樂本土

朝朝暮暮

身是菩提樹

安詳清淨處

一方布簾相隔消逝

飛天長袖善舞

眾行者微笑殊途

匍匐在佛陀腳下

潔白蓮花帶著甘露

繁花千紅萬紫

萬千心燈百燭

無量佛國土

大光明三千世界遍處

倒駕慈航春秋幾度

大慈悲情長入骨

柔腸方便智慧

菩薩觀之　煙雨情圖

快樂溫暖的舊居處

是否記得返鄉路

不夜銀花火樹

感嘆極樂淨土故

生朵朵蓮花寶座

清淨了世界淨土

無量的菩薩

無量的有緣眷屬

風塵煩惱折柳處

幾度歲月榮枯

靈山只是回首處

煩惱即是菩提樹

天地慟哭　心兒飛舞

是大慈悲甘露

天仙長袖飄帶起舞

回歸極樂本土

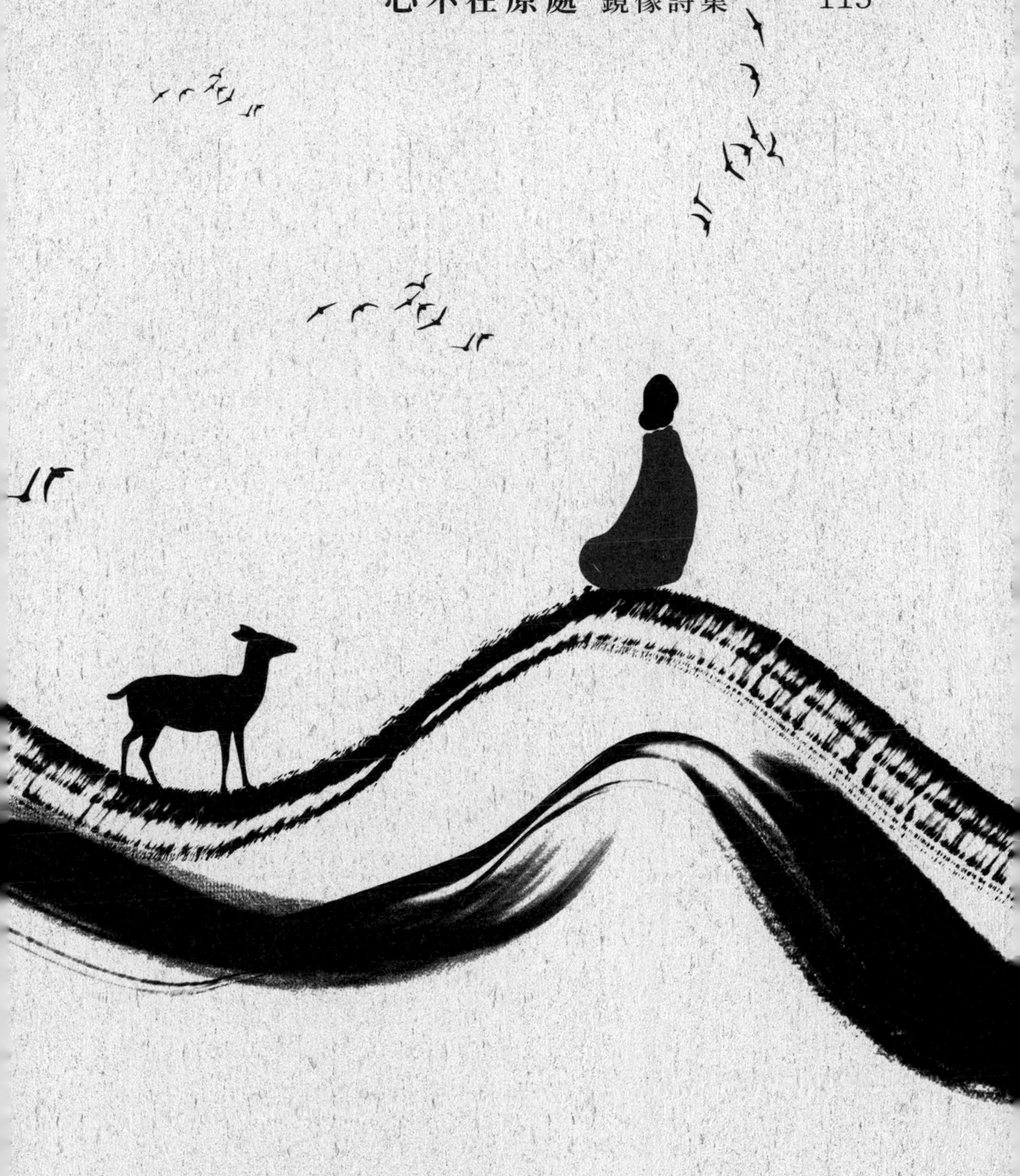

因緣的聚分

花季相逢
一襲溫暖的春風
心中燃起希望的燈
月光下一心真誠

清秀臉龐在眼瞳
窈窕霓裳妝紅
誰在撥弦鳴箏
心動　身不由己的情衷

命運地捉弄
有了分別道一聲珍重
那一絲哀慟
忍耐著相送

濁酒飲了幾盅

轉眼逝了幾個春冬

相思的惆悵

星河是我詩行的夢縈

四季輪轉的風

讓命運帶來慌恐

本來清淨明通的本性

被無明妄念遮住了明燈

生了黑暗阻礙的寒峰

萬古浮生

只是一場幻夢

化蝶飛在雲端

沈思在心間盤旋

思慮把全身細胞盡染

孤獨無言

恍惚之間

又進入了冥想

化蝶飛在雲端

朝露短暫

因緣至　就飛散

如泡影夢幻

在紅塵滾滾的世間

妄想續續斷斷

心兒茫然　感嘆

故人心中見

思緒的躊躇不前

愛戀若隱若現

燈光忽明忽暗

時光荏苒　顧盼

夢裡睡了千年

業力的羈絆

不知如何了斷

濛濛細雨河畔

朦朧了兩眼視線

又是一夜無眠

不如靜心坐禪

風動　心動

我已經把你
　　從心裡
　　　　逐漸地淡忘
就像暖風吹過
　　感到很暖
　　　卻慢慢地
　　　　　沒有了心中念想
更像太陽下去了
　　沒有了陽光
　　　接替而來的
　　　　　是滿天的星光
　　還有涼了的風
　　　　而且轉變了風向
我希望永恆
　　愛的火花

卻都是那樣的

短暫和無常

就像轉動的萬花筒

不斷地變化形狀

不斷地

變化著色彩的模樣

更像你

忽冷忽熱的心

不停地改變著氣象

你的臉龐

更像戲劇演員

變換著裝扮

不同的角色一樣

其實　是你變了

讓我認不得

你現在的心房

你的心

改變了軌跡

奔向了新的它方

……

天文學家說

銀河系

正向仙女星系狂奔

因為她是美人

有著

美麗動人的模樣

當兩個星系

走到了一起

旋轉舞蹈著結合

就產生了

新的星系世界

就變幻了

模樣和光芒

聽說黑洞

　就是他們的名字

　　帶著一群

　　　有情的眷屬

　　　　不停地輪轉

　　　　不停地狂奔

　　　　　跑在命運的路上

就像是結婚

　原來的個體

　　就走向了消亡

　　它蛻變了角色

　　更新了人生

　　　有了蝸居的小村莊

大千世界

　有無量無數的村莊

心生的世界

　念念有著

　　不同形狀的模樣

形形皆有

　心識的全息存檔

我好像睡著了

　做了一個夢

　　奇異的夢境世界

　　　是念識的全息景象

無始無終

　輪迴是生滅之相

法界唯心

　創造了

　　奇蹟的地獄天堂

心 相

擾亂心神的是

一切有形的事物

無形的循環中

道藏於此

色空由心起

都是境相的形識

讓心靜止

色空即是一

沒有了裡和外

沒有了色空對比

也沒有了名相

真心妄心又在哪裡

不願見奈何橋

心兒茫然凌亂

不願去奈何橋岸

情牽燈紅酒綠的人間

四季又輪轉了一圈

雪花紛飛了滿山

不見鬱鬱蔥蔥的綠色

只見沒有樹葉的枝幹

世俗的喧囂羈絆

喝醉了度日沉眠

看看昏暗的天

不知何時又遮住了色藍

我欲飛向天邊

拋掉弱懦的顧盼

去看天河的燈火闌珊

高山上　人長嘆

思戀春色桃花瓣

情絲難以了斷

又見南飛雁

情思綿綿了千年

為何搖曳多姿不斷

只有妄情的迷思心念

心房被月光裝滿了思念

情生的紅顏

化成了執著的鴻雁

在紅塵裡輪迴尋伴

盼　佛陀的光明咒言

翻轉了無明的心念

從此　奈何橋不見

心生禪的清香

夜草曬月亮

清風浪漫水波盪漾

光影斑駁陸離

和清風爭著風尚

和水談著愛的暢想

蓮花閉合夜長

酣睡美夢一場

靜靜地進入禪修觀想

等到白天升朝陽

再把美麗清香開放

自然小池塘

真想伴你建禪堂

癡人采風做夢想

自然水清　花草飄著香
百鳥婉轉是平常

清風參訪禪堂
沈香裊裊地飄揚
心生禪的清香
安住在淨念觀想
慈悲的菩提心隨緣流長

山澗的橋

心清淨　自在逍遙

智慧光明遍照

不管是風雨瀟瀟

還是艷陽高照

都是風光好

五行的有情世界

太極陰陽是自然之道

山澗雲煙小橋

是通向彼岸的道

跨越障礙

是出山的路標

慈航的渡船

菩薩智慧大愛

才能破除煩惱的浪潮

是解脫的法寶

桃花艷俏

花枝隨風輕搖

香色的味道

只是凡間浪漫小調

一聲長嘯

衝破雲層志高

身影朦朧迷離

我有雙彩翼

花叢落紅相許

演繹了夢幻初遇

彷彿依稀

因緣是前世的相續

畫中的她

舊畫和新畫
畫中人似玉如花
美麗的她
那一臉的紅霞
又映紅了誰的家
度著春秋冬夏

紅霞在快樂之下
衍生一段浮生榮華
從說話磕磕巴巴
到臉現羞羞答答
美麗的畫
又會變成了記憶
留在了心底下

無需打點

清茶一盞

閒話有些閒

淡淡然

描述了流水群山

聊得亦然

茶色已清淡

即沒有成仙

也沒有瘋瘋癲癲

只是談興正酣

忽悠了自己

忽悠不了藍天

也忽悠不成詩篇

只是忽悠了心

有些薰薰然

不見時光荏苒

無需打點

情把歲月偷走

相思不肯罷休

願與你長相廝守

在晨曦裡對天祈求

真情全在心頭

只是緣份沒有看透

念念情執不休

盼著風捎來消息

默默地等候

空有一腔溫柔

只有向著風

似輕拂風的楊柳

直到搖白了首

時間把歲月偷走

迷 惑

經常感到寂寞
也常常思索
面對著虛幻的生活
感慨花開花落

不動地坐在
幽深寂靜的院落
心思有些迷惑
命運似乎
走在重重的溝壑
獨行的我似客
體會著人生的起落

塵灰書寫的名字

在眼睛裡漸漸地消失
是你美麗的影子
並不是你的名字
如同浮雲遮日
我還能看見大地

只是在風雨裡有點迷失
當下裡聽不到解釋
好像一切被風雨洗去
心裡只有模糊的
曾經的動心痕跡
那就是塵灰書寫的名字

照 片

眼前的彩色照片
已經看了多遍
只是一張微笑的臉
沒有凝固諾言
卻凝聚了匆匆作繭

在蝸居裡眷戀
那個美麗的紅顏
成了故事的前言
也成了沒尾的懸念
只是瀏覽了一遍

心想的世界　大風又起

因緣會際

相聚即是分離

因果關係

生滅的自然規律

任何事物

成住壞空　來即是去

春華秋實

只是輪轉的四季

春花秋月

只是心動的情意

瑤琴　欲撿舊事

留戀以往的過去

舊事重提

掀起以往的回憶

只是經歷

枯榮人間的合離

不勝唏噓

感嘆人間的故事

如果重來一次

把握當下的幸福

看看天氣

做一個無奈的手勢

今天來了

今天就會離去

希望今天

心生歡喜地過去

調整呼吸

心進入平靜的空寂

恍兮惚兮

萬事歸零　不再來去

無因表面的福氣

無果而去

實則是有果而去

有果而去

即是因的種子

好壞成敗的對比

還有榮與辱

內心平淡時

原來只是妄想心意

夢幻泡影的故事

搖搖頭　輕嘆息

作別夢幻泡影的事

卻無奈　心又動

善惡業力相續

秋風落　春風起

生滅的故事

煙雲變化又生起

鏡花緣　心念起

茫茫千萬里

因緣的故事

心想的世界　大風颳起

希冀溫暖的細雨

心在曠野裡飄來飄去
希冀著溫暖的風雨
把心兒澆透
我不需要冬季
請把寒冷的雪捲去
捲去枯寂的涼意
喜歡春天的風
吹來鮮花的豔麗
吹來生命盎然的綠意

你是曠野的綠意
溫暖的春風吹撫
更是那濛濛的細雨
澆透了心房的綠地
滋潤了愛的情意
開出了香花滿樹
在無垠的天地
芳香了世界的空氣
清香了我的心意

情執走了萬千輪年

紅妝粉黛綴點

美麗了容顏

萬千的豔麗花妍

引動了心的愛戀

百年漫長的寒暄

相約不負彼此的流年

前世定下的離合悲歡

滿是花燈的庭院

曼歌燕舞眼前

婉轉優美的樂曲

撩著人心　縈繞耳邊

艷影搖曳　惹出雲煙

繼續滾滾紅塵流沙河

翻轉流年

流水似的嬋娟

塵世裡翩翩

往返流連

不捨依戀

只是冥冥之中的靈犀

生出靈光一念

在佛前點燃明燈一盞

前世今生的因緣

化成一縷青煙

飄散了印花的紗面

清淨的天堂顯現

看清了繾綣

只是緣份的兌現

入夜的星光點點

夢 蝶

身影朦朧迷離

我有雙彩翼

花叢落紅相許

演繹了夢幻初遇

彷彿依稀

因緣是前世的相續

春風柔情徐徐

內心唏噓

相聚蝶舞的命裡

經歷花開一季

命運的手指

讓我在情絲做的屋裡

用情意做了來世的序

藏著伏筆的情詩

讓我破繭而出

猶如隔世的彩蝶

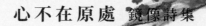

賦予春花幾許

彩繪了浪漫故事

隨著柔風思緒

醒來　是在夢裡

只是誰夢誰繼續

夢裡景象地演繹

彩蝶舞者雙翼

是也非是　心動的意識

這世界是虛是實

靜心思維

只是夢裡一世

一世又是在夢裡

如夢如幻　如電如露

應作觀如是

約會

春雪紅梅　任憑寒風吹
春意漸回　猶如故人歸
拂面笑對　塵緣心即追
閑賦墨揮　點點紅色美
嚴寒無悔　究竟是為誰
因緣約會　只為你心醉

雪花　梅花

雪花飄落正好
雙手接著化了
等著梅花驕傲
花開俏笑春早

來世蝴蝶誓

蝴蝶單飛　離人眼淚
究竟為誰　無法面對
夕陽餘暉　旅途勞累
情思無悔　來世描眉

盪漾時光

微波盪漾　輕舟波上

凡塵熙攘　匆匆來往

過客相望　心生情浪

意描紅妝　划動船槳

此情綿長　天地蒼茫

執念序章　輪迴時光

看月亮

如銀盤的月圓

情人相戀
說　你是情人的誓言
浪漫的桃花源

哲學辯證觀察的眼
說　你是太陽光芒下的臉
要看清你的本源

修行的人禪觀
你清淨　代表著圓滿
如鏡清涼智慧的眼

一念

湖水之前　撥動琴弦
花開初見　花落人間
風撫水面　皺了箋言
音符聚散　美了山嵐

蒲公英

（一）

那是誰家的白傘

為何飄落我的身邊

是否穿越了空間

（二）

白傘飄過眼前

又隨風走遠

不見童子打傘

不見稚嫩的臉

丁香在夜裡開放

丁香在夜裡開放

瀰漫的花香

醉了夜裡孤獨人的心房

濃郁香醇的氣息

凝聚了情感的熱烈激揚

星星和月亮

成了心情浪漫一方

嗅著花的芬芳

眼裡是可愛的月光

在這美妙的夜裡

有了奇異不斷的幻想

彷彿之間

時光悄悄地流淌

有人在悠悠地歌唱

星光和身影相伴

眼淚被歲月風乾

愛被無情摧殘

只有天上的星

還對我友愛地眨眼

晚上回家的路

星光讓人心不黑暗

孤獨的心房

有自己的身影相伴

芳草碧連天

只是彈指之間
飄了千年的雲煙
那個夢幻的心
經歷了古今萬里遙遠
留下的是遺憾
還是幽幽情絲連天
心中的時空
已經在悄悄地改變

只是現今的身邊
時光還是短暫
不見有峰迴路轉
只是隨著業風的期盼
妄想著夢實現
今天期待著擁抱明天

心中的芳草

碧色又連接著天

世間的風沙

吹起長長的柔髮

只是一句話

就有了風華月下

披了三尺的紅紗

成了一枝花

時光清楚

心情如日暮

扔了心中抱負

飲酒幾壺

嘆　自古多少豪傑墓

似落葉歸做土

只有昔年種的桃樹

春風花紅

交感結子

一年一年又復

長樂是知足

閒庭漫步

天地相伴相護

隨緣桃花三月鋪路

溫柔暖風楊柳輕拂

喜上眉目

耳旁多了叮囑

聽到暱稱的名字

時光清楚

妄念心情

分別起了名

一叫挺靈

妄心竊竊的笑聲

生了許多白丁

心想有了形

造了風雅的小亭

彈一彈琴

奏出一曲琴聲

不是樂經

卻是妄念心情

薰染了情境

春草青青

花兒開了有馨

隨緣風情

一枝花

供養了一束花
心中起了一幅畫
身在天涯
佛是心裡的家

朝霞與晚霞
是浮生的繁華
花開花落下
那是一抹心情的淡雅
只是鏡中花

世間的風沙
吹起長長的柔髮
只是一句話
就有了風華月下
披了三尺的紅紗
成了一枝花

鏡像裡的歌曲

鏡像裡的歌曲

在天際裡隨風來去

輕若隱形的飛羽

衍生了我和你

那是心念的贈與

只是為何又化作雲雨

那絲絲的淚滴

浸濕了我你

因緣浪漫的典故

竟然是心　害怕孤獨

觀 照

猛然覺悟回首

方寸山釋煩憂

觀照了愛恨不休

執著攜手同舟

諸事悠悠

上了行者的心頭

隨著念風入夢

成了不息的江流

倒映出垂柳

經年四季依舊

輪迴又上了眉頭

只是幻夢心留

醉 酌

真心被妄心淹沒

看到了虛幻的湖泊

鏡像裡的山峰

夢幻的人身

站在山巔正觀日落

山下的桃花色

也被情感的眼光掃過

心有些炙熱

嘴裡把美色述說

只是芬芳渲染的一抹

就有了忘情的一諾

好像非常灑脫

有了兩顆心的醉酌

心念的詩

林間聽鳥啼

自然的心情歌曲

隨著林間風笛

樹梢跳舞

合唱的是小溪

在交響樂裡

我卻體會了靜寂

沒有噪音一絲

景象的匯集

心　體驗了形識

只是心念的詩

幻想了一份美麗

構建了一世

書寫的筆

七情六慾　有書寫的筆

輪迴相遇　有訴說的語

延綿的故事

寫不完的相續

用完了墨紙

畫不完彩色的命運

畫不了七十二相心意

忽然大風起

折了孱弱的雙翼

妄想的心念

還在擴散著夢幻的漣漪

啊　道沒有憐惜

不用回憶柔情的風

輕撫你的眉宇

紅塵的境像裡

人心滿目瘡痍

不識本性的自己

心築命運的樊籬

在六道輪迴裡轉世

無明地顛沛流離

真心何處尋覓

真誠身心合一

誦念佛陀心咒一句

凡胎肉體

即能躲避滄桑風雨

恢復天堂老家的記憶

那裡無苦

是清淨的藍琉璃

未了塵緣

未了的塵緣

悲歡繾綣

是一曲情執的愛怨

深情了千年

只是一縷雲煙

朦朧了臉面

抹了一抹紅胭

延續著從前

夢幻裡的踟躕流連

只是因緣

回覆前世的信箋

描述的滄海桑田

情感的誓言

感動流淚的團圓

讓心迷惑了

在塵世睡眠

生了萬般思念

還有俏麗容顏的妝點

撩了凡心俗眼

心動造作將幻像消遣

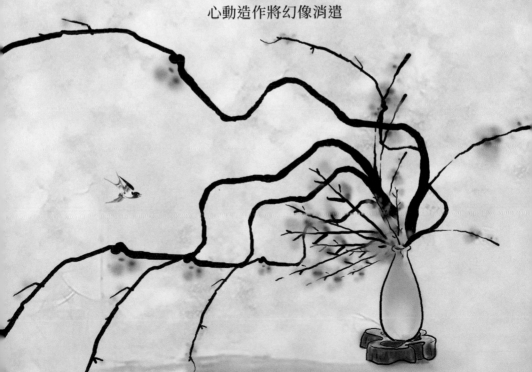

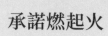

承諾燃起火

只是一句承諾

就像春風拂過

染了　也暖了

心中七彩的顏色

似夜空中放的煙火

也似桃花灼灼

激動了心房脈搏

將情感吞沒

也點燃了導火索

燃起了　燃起了

漫夜空的燦爛星火

心船從此停泊

生命由此

擁抱著　雙手緊握

只是看著日月如梭

浪漫的魂魄

從安靜裡掙脫

不再有清淨的沈默

書寫著新的因果

火宅燃著火

時光淪陷了眷戀

時光淪陷了眷戀

淡淡的一抹雲在天邊

那裡可是 你居住的海岸

現在不知你在哪裡

又在誰的身邊

緣起緣滅的眷戀

時光抹淡了記憶的碎片

春風溫暖的日子

春花開滿了湖的岸邊

那裡 我們曾經相見

那是美好的畫面

眷戀 卻不能相見

像秋天的湖畔

滿地的落葉

枯葉漂在水面

像是　現在的情緣

摧殘著心中的愛念

只能隨緣看著枯黃的葉子

漂向風吹的南岸

慢慢地沉下湖面

再也不能相見

緣起緣滅的眷戀

只是隨緣的生滅愛念

寂滅的世界裡

因緣的全息圖案

刻在冬眠的種子裡面

序幕只是新的緣起

晨曦作序

拉開一天序幕

紅色朝霞　淺淺一筆

不及滿山楓樹

走在河邊小路

晨風已攪起

人類的慾望和情緒

沒有了平靜和清晰

今天沒有風雨

心頭卻有濛濛雨絲

妄心牽扯思緒

兩眼看不清道路

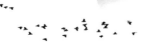

其實　序幕之前兮

內心都攘攘熙熙

身在床上休息

心兒卻縱馬奔馳

前因淡成了記憶

後果已成了迤邐

緣起流過眼底

種子識演新的話劇

妄念不止

幕前幕後都是

抖落一地的因緣情絲

扯出一串新的故事

備註：種子識，一切種子識為所有生命最初的根本

識，又稱阿賴耶識、如來藏識。

溫存的煙塵

難捨又難分

依戀著言語溫存

心雨飄紛紛

只有光陰無痕

卻是不漏的眼神

只是不會過問

而是祝福兩顆心

從此　刻下了銘文

成了許諾的靈魂

在塵世浮沉

忘了心中的疑問

忘了來自星辰

繼續著夢幻的煙塵

從早晨到黃昏

在天地間劃痕

也不過是彈指一瞬

風雨婆娑

風雨婆娑

深情地撫窗而過

幾十年的人生煙波

如一季鮮花一朵

隨緣故事的因果

風雨掃過

濕了傘遮不住的身側

留一抹惆悵的靜默

將它深深地搖落

一江春水蹉跎

時光荏苒了歲月

隨波小舟上的你我

命運隨業零落

眼瞳隨緣捕捉

內心習氣閃躲

輕輕一啄

心隨境轉情雨滂沱

情執淚光閃爍

人生怎麼過

四季輪轉回落

那宿業的風雨交錯

只有智慧法船越過

不受業風解脫

一曲感嘆

一曲情痴纏

縈繞柳枝又幾圈

輕撫幽香聲緩

又隨流水散

因緣聚會河岸

悠然　悠然

只是有緣

像風吹過的姻緣

春花綻放色艷

只是擦肩

雖是偶然卻失眠

卻又在天邊

難得相見

好像夢中桃花源

陌上踏遍

只是睡中畫卷

望天隨風呢喃

只是獨自一人言

浪漫情懷意念

賦詩一篇

聚散因緣翩躚

春風吹滿心田

不知你在何地

開花的時間

雪景的清靜

屋外皚皚的雪景

幽幽的　寒冷的微風

吹個不停

屋前的河結冰

沒有水聲

清冷　清冷

昨夜的酩酊

一下子被凍醒

眼前是你的腳印一行

只是沒有昨晚的身影

沒有夜空的星

只有屋簷下的風鈴

輕搖叮噹地作聲

可是卻喚不醒

遠山素裹的安靜

靜了心中依戀的

消失在白色蒼茫的身影

心　又回歸了清平

清靜　清靜……

夢花還在心裡

時間流逝
斗轉星移
一場輕柔的小雨
把你送進了我的夢裡

一首愛的歌曲
開出了一串花語
如此的清晰
為什麼都鑽進了心裡

用無奈的擦子
擦不去這痕跡
隨著生命時間的推移
夢花還在心裡

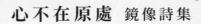

在阿賴耶識播撒種子
在心想的世界裡
收穫因果的糧食
吃飽了　遊走在六道裡

圓 滿

願望的芬芳

心生一縷清香
用真誠飄向四面八方
進入您的生命
進入您的心房
讓我們彼此　結下善緣
在心裡祝福對方

這份真誠的願想
希望為您打開一扇窗
看看不一樣的世界
看看我心中的天堂
讓心中的美好化成翅膀
自在地出去飛翔

希望您快樂好運
多一份消遣的頤養
多一份喜悅的氣象

一切皆是心投射的鏡像
一切隨緣　淨染之相
十法界只是心相
我的心相
是有緣的你
——如意吉祥

鏡像系列詩集

鏡像系列詩集

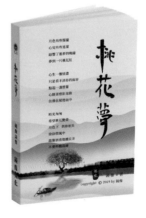

鏡像系列詩集

情池

觀旭日　觀落日
心中的漣漪
只是日月的相思
寫一首情詩
只是為了心碎
那薄紙上的詩詞
是心在酒精峰
心中的一瓣狂喜
蹦你的眼角落
情深筆底
結花的手指
溶化在心經裡
所有的心經裡
你是否已經認知

copyright © 2019 by 鏡像

宿緣的一眼

今世的兩面
是前世緊的擦肩
既然曾情緣
彼此愛然的春天
赤裸的容顏
口是依戀百身懶
無辭於糾纏的臉
只是同與縹緲的臉

鏡像 ○ 著
copyright © 2019 by 鏡像

鏡花緣

夕陽斜照了窗
氤氳著情長
塗了一顆心房
捲簾了濃霜的衣裳
留下一串淚珠
串起那縷暱
破碎了夕陽的光
測了布幔的一方
短染之上
有了飄獨的暗香
情染了情長

鏡像 ○ 著
copyright © 2019 by 鏡像

河岸

晨果颳去　黎初聲
情條飄近　急如鶯
小河流水有珊珊
悠繞聲　郭遠寬
只是不見　也聲在河水兩岸
更不見
小船槳搖岸
搖了心間河岸

鏡像 ○ 著
copyright © 2019 by 鏡像

鏡像系列詩集

鏡像系列詩集

心 不 在 原 處 鏡像詩集

作者	鏡像
發行人	鏡像
總編輯	妙音
美術編輯	彩色 江海
校對	孫慧覺
網址	www.jingxiangshijie.com
郵箱	contact@jingxiangshijie.com
代理經銷	白象文化事業有限公司
	401台中市東區和平街228巷44號
	電話：(04)2220-8589
印刷	群鋒企業有限公司
出版日期	2019年10月　　　初版
ISBN	978-1-951338-71-8　　平裝

定價　　　　NT$520